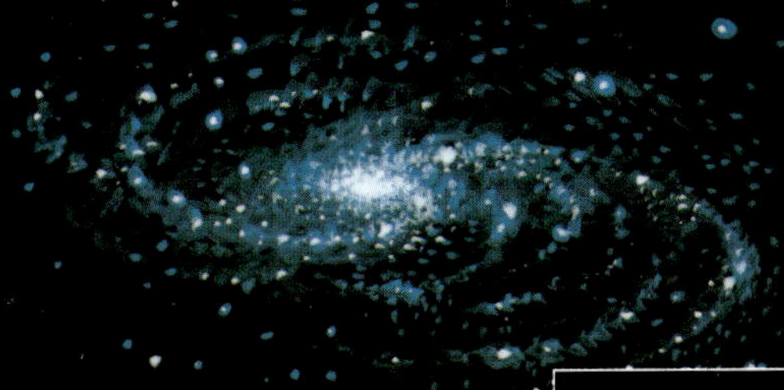

Préface

Rien. En ce temps-là, ni le temps ni l'espace n'existaient. Soudain, d'une gigantesque explosion sort un œuf de matière et d'énergie mêlées, une soupe chaotique où règne une température de milliards de milliards de degrés. Un événement titanesque, inimaginable, indessinable.

Puis s'amorce une expansion qu'accompagne un refroidissement jusqu'à ce que, au bout peut-être d'un million d'années, une température de 3 000 degrés permette la formation des premiers atomes. D'abord ceux d'hydrogène et d'hélium.

Puis viendront les étoiles au cœur desquelles naîtront tous les atomes dont le monde est fait. Nous sommes tous les enfants des étoiles.

Jean-Pierre Verdet

avec les conseils de Martine Amalvict de l'Institut de physique du globe de Strasbourg,
d'Anne-Marie Bacon de l'Université Pierre et Marie Curie,
de Pierre Bertrand et de Jean-Pierre Verdet de l'Observatoire de Paris

Première édition dans la collection *lutin poche* : juin 1999

Loi numéro 49 956 du 16 juillet 1949 sur les publications
destinées à la jeunesse : mars 1994
Dépôt légal : décembre 2001
Imprimé en France par Jean-Lamour à Maxéville

Serge Hochain

IL Y A TRÈS, TRÈS LONGTEMPS

ARCHIMÈDE

lutin poche de l'école des loisirs

11, rue de Sèvres, Paris 6e

La Voie lactée, constituée de milliards d'étoiles

Il y a très, très longtemps, les hommes, les animaux, les plantes n'existaient pas ; pas de villes, pas de maisons, pas de voitures. La Terre et le Soleil n'existaient pas non plus.

Dans l'espace infini, une galaxie* parmi des milliards d'autres tourne lentement sur elle-même : la Voie lactée, spirale lumineuse formée de 100 milliards d'étoiles. C'est ici qu'a lieu notre histoire.

* Les mots suivis d'un astérisque sont expliqués dans le lexique de la page 36

Des milliards d'années ont passé.
Quelque part dans la Voie lactée tourbillonne un nuage de gaz et de poussières né de l'explosion d'étoiles anciennes. Gaz et poussières se condensent petit à petit et…

… au centre du nuage se forme le soleil, un soleil encore aveugle, sans lumière. Autour de lui tournent de jeunes planètes en cours de formation: Mercure, Vénus, la Terre, Mars, Jupiter, Saturne, Uranus, Neptune et Pluton.

Vent solaire

Fission solaire de particules à haute énergie

Des centaines de millions d’années plus tard, peut-être, le soleil est devenu très chaud. Soudain, une explosion : le Soleil «s’allume», une nouvelle étoile est née !

Le Soleil libère un souffle immense, une énorme bouffée de vent solaire qui disperse les météorites et le reste des poussières très loin dans l'espace.

Diamètre : Terre, 12 756 km ; Lune, 3 476 km ; Soleil, 1 392 000 km

Maintenant, le Soleil brille dans le ciel, il ressemble beaucoup à celui que nous connaissons. Notre planète, la Terre, et son satellite, la Lune, tournent tous les deux autour du Soleil. Leur mouvement rythme les jours, les nuits, les mois et les saisons.

À ce moment, la Terre n'est pas encore recouverte d'eau: l'air et la vapeur d'eau sont contenus dans les roches et s'échappent peu à peu. Un jour, il y aura des océans, la Terre sera la «planète bleue». Mais personne ne vit encore dans les mers ni sur les premiers continents.

Pendant un milliard d'années, sous les nuages, les éléments sont déchaînés : la Terre se forme ! Les volcans crachent le feu, la lave se refroidit en crépitant dans l'eau, le vent souffle, poussant les nuages gonflés de pluie. L'air, dépourvu d'oxygène, est chargé d'électricité.

La tempête fait rage !
Pourtant, c'est dans ces conditions terribles, sous les orages et les éclairs, que la vie apparaît à partir de molécules chimiques contenues dans l'eau.

Pendant trois milliards d'années, les océans sont peuplés d'êtres vivants très simples, formés d'une seule cellule. Les continents restent déserts, parcourus par les rivières et balayés par le vent. Enfin, il y a 700 millions d'années, apparaissent les premiers animaux. Ils sont tous marins. Ce sont des vers et des méduses au corps mou et sans protection.

Mais bientôt apparaissent des animaux à carapace, comme les trilobites aux pattes articulées. D'autres utilisent le calcaire pour construire leur coquille, comme les nautiloïdes, qui ressemblent aux seiches. Mais il faudra encore 100 millions d'années pour que les premiers poissons nagent parmi les éponges et les algues.

Ichtyostega **Amphibien semi-aquatique : 1 m de long, fossile trouvé au Groenland**

La vie reste dans l'eau pendant encore 300 millions d'années. Enfin, la couche d'ozone* est constituée, la vie sort de l'eau et conquiert les continents ! Le premier animal marchant, sur ses quatre pattes, est un énorme batracien, ancêtre des grenouilles et des tritons. Il a une nageoire caudale, comme les poissons, mais il respire à l'air libre grâce à ses poumons.

Il ne sort que rarement de l'eau, où il pond des œufs sans coquille.
Aujourd'hui, peut-être est-il en quête de limaçons ou d'insectes, comme lui conquérants de la terre ferme.

Dimétrodon

Reptile pélycosaure*: 3,50 m de long, fossile trouvé aux États-Unis

Des millions d'années plus tard, dans un cratère creusé par la chute d'une météorite, un grand reptile se réchauffe au Soleil. Incapable de régler sa propre température, il capte la chaleur grâce à sa voilure dorsale.

Le Dimétrodon était un redoutable carnivore, capable de tuer des proies de grande taille grâce à ses dents effilées. C'est un lointain ancêtre des mammifères ! À cette époque où les fleurs n'existent pas, des fougères géantes forment des forêts profondes.

Très, très longtemps après, des animaux énormes, recouverts d'écailles, de cornes et de plaques osseuses, broutent dans les prairies : ce sont les premiers grands reptiles connus. Ils possèdent de petites dents pointues pour couper et broyer les végétaux qu'ils mangent.

Ils pondent des œufs à coquille et les déposent dans un nid creusé dans le sol.
De petits mammifères, de la taille d'une souris, se terrent dans l'herbe à l'abri de ces géants. Et bientôt commence le règne des dinosaures !

Diplodocus

Sauropode diplodocidé : longueur, 27 m ; poids, 10 t, fossile trouvé aux États-Unis

Cent millions d'années plus tard, des dinosaures de toutes tailles peuplent la Terre : les Compsognathus, agiles et rapides, de la taille d'un coq, les Dryosaurus, longs comme une maison, et les Diplodocus, lourds comme cent éléphants. Grâce à leur cou interminable, les Diplodocus peuvent brouter le feuillage à la cime des arbres.

Leur longue queue se terminait en fouet qu'ils utilisaient peut-être pour se défendre contre les prédateurs menaçants. D'autres, comme les Stégosaures, étaient armés d'épines longues et pointues, de quoi décourager les adversaires ! L'Archéoptéryx, l'ancêtre des oiseaux, bondit de branche en branche.

Ptéranodon **Ptérosaure* : envergure, 7 m, fossile trouvé aux Etats-Unis et au Japon**

Des millions et des millions d'années plus tard, les dinosaures sont toujours les seigneurs de la Terre. De grands reptiles, fuyant l'hiver, survolent, tels des planeurs, les grandes forêts de conifères et les rivières. Bientôt, ils seront au bord de la mer et se nourriront de poisson frais. Il existait de nombreux reptiles volants, grands et petits.

Les grands reptiles ont également habité les mers : les Ichtyosaures munis de nageoires et les premiers crocodiles aux pattes palmées, et l'Archélon, une tortue de 4 m de long. Soudain, en 1 million d'années, les grands reptiles disparaissent. Aujourd'hui, il ne reste que les serpents, les lézards, les tortues et les crocodiles.

Soixante millions d'années ont passé depuis la fin des dinosaures. Les mammifères et les oiseaux ont pris leur place, peuplant la terre, les mers et le ciel. Les plantes à fleurs ont fini de prendre la place des conifères : le monde ressemble beaucoup au nôtre.

Des êtres qui se tiennent debout cueillent baies et fruits pour leur repas. Les premiers hommes vivent en groupe ou en famille. Ils façonnent des outils grossiers pour découper la viande ou déterrer les racines. Mais ils ont encore peur des tigres «à dents de sabre» et autres carnivores de la savane africaine.

Les êtres aux silhouettes de singe ont changé et sont devenus d'habiles chasseurs. Certains, courant et hurlant, effrayent les proies pour qu'elles sautent dans le ravin. Là, les plus valeureux les attendent, les armes à la main.

Les pithécanthropes* savent construire des abris simples et cuire leurs aliments, car ils maîtrisent enfin le feu. Mais, surtout, ils perfectionnent leurs outils: outils en pierre finement travaillée, outils d'os, taillés dans les défenses, les bois de cerfs ou le squelette des animaux.

Un vieux mammouth, le patriarche, arrête la caravane afin que tous se désaltèrent. Les mammouths, lointains cousins des éléphants, vivent en troupeaux dans les steppes froides. En Europe, ils furent chassés par l'homme de Neandertal* pour leur viande et leur fourrure…

… car, à cette époque, le climat change plusieurs fois: des périodes tempérées alternent avec des périodes froides. Des glaciers immenses recouvrent le nord de l'Europe et de l'Amérique, le Tibet, les Alpes et les Pyrénées.

À la nuit tombée, après le repas, le clan écoute les récits de chasse des anciens, tandis qu'un artiste dessine un cheval à l'ocre rouge sur la paroi de la caverne : l'art est né. Depuis le pithécanthrope, vingt mille générations d'hommes ont vécu.

Les premiers hommes modernes, les hommes de Cro-Magnon*, ont remplacé l'homme de Neandertal. Ils savent désormais entretenir le feu dans un foyer, tailler la pierre finement, se confectionner des vêtements avec des peaux de bêtes.

Mille cinq cents générations ont encore passé. Les hommes ont peu changé. Mais, depuis, ils ont domestiqué les chèvres, les moutons… et cultivé les terres. Ils vivent en villages et améliorent les techniques: la civilisation commence, les premières religions apparaissent.

Car, depuis l'homme de Neandertal, les hommes croient aux légendes. Ils honorent leurs ancêtres et redoutent les forces de la nature, auxquelles ils attribuent des pouvoirs étranges. Et surtout ils se posent les mêmes questions : d'où venons-nous, qui sommes-nous… et où allons-nous ? mais ceci est une autre histoire…

Index

Lexique

Galaxie : dans le ciel, les étoiles ne sont pas dispersées n'importe comment ; elles sont regroupées en galaxies.

Nébuleuse : immense nuage de gaz et de poussières, né de la mort d'étoiles anciennes. Les nébuleuses peuvent donner naissance à de nouvelles étoiles.

Ozone : la couche d'ozone nous protège des rayonnements nocifs du Soleil. Sans elle, pas de vie hors de l'eau. Avant qu'elle n'existe, la vie ne pouvait pas sortir de l'eau.

Pélycosaure, Paréiasauridés, Sauropode, Diplodocidés, Ptérosaures, Ichtyosaures : il s'agit de différentes catégories de reptiles qui peuplaient autrefois la Terre.

Homo habilis, Pithécanthrope, Homme de Neandertal, Homme de Cro-Magnon : il s'agit des différentes étapes de l'évolution de l'être humain. L'homo habilis est l'ancêtre du pithécanthrope, lui-même ancêtre de l'homme de Neandertal et de l'homme de Cro-Magnon. Le premier a disparu il y a 30000 ans, peut-être éliminé par le second. Quant à l'homme de Cro-Magnon, il existe encore, mais il a beaucoup changé : il roule en voiture, il regarde la télé... c'est nous !

Cambrien, Permien, Jurassique, Crétacé, Pléistocène : ce sont des *ères géologiques*, c'est-à-dire des époques très anciennes qui diffèrent par les animaux et les plantes qui y vivaient.

Paléolithique, Néolithique : le paléolithique est l'âge de pierre, quand les hommes chassaient et cueillaient ; le néolithique commence il y a 8000 ans, quand les hommes se sont mis à cultiver la terre et à élever des bêtes.